그까짓 사람,
그래도 사람

숨기고 싶지만 공감받고 싶은
상처투성이 마음 일기

그까짓 사람,
그래도 사람

글·그림 설레다

예담

오늘도
괜찮지 않지만
괜찮을 당신을 위하여

우리는 모두 별것 아닌 하루를 채우며 살아갑니다. 하루하루가 소중하다고 생각할 때도 있겠지만, 사실 시시한 날이 더 많지요. 작은 감정의 흔들림을 모두 챙기기엔 버거운 날도 더러 있을 겁니다. 그래서 미처 어떤 기분이었는지 정확히 느껴볼 새도 없이 사라져버리는 마음들이 많습니다. 그렇게 무시하며 지워버린 작은 감정의 균열들은 차곡차곡 쌓여 어느 날인가 이런 질문으로 제 덩치를 알려올 겁니다.

"이거, 내가 뭐하고 있는 건가. 이렇게 지내는 게 무슨 의미인가."

그런 질문이 들 때면 제가 할 수 있는 거라곤 가만히 앉아 우울해하거나 그것이 싫어 일부러 유흥을 찾는 일이었습니다. 유흥이라고 해봤자 영화를 본다거나 맥주를 홀짝이는 것이 전부이지만요. 당신도 그와 비슷하리라 생각합니다. 어찌어찌 시간을 보내 저 질문을 자문하는 일 없이 다시 하루를 엮으며 지내겠지만, 그렇다고 내 마음에 별일이 없었다고 할 수는 없습니다. 그런 별일이 생기는 마음을, 사소한 것들로부터 쉴 새 없이 긁히는 내 감정을 분명하게 느껴보고, 어떤 것은 확실하게 마주하는 시간을 가질 수 있다면 좋겠다는 생각으로 설토를 그리기 시작했습니다.

설토가 보여주는 감정들은 드러내어 자랑할 만한 것들은 아닐 겁니다. 오히려 드러나지 않도록 '괜찮아'라는 말로 꾹 눌러 없애버리곤 했던 감정일지도 모릅니다. 빈 노트에 별 의미 없이 휘갈겨 쓴 마음, 하지만 그렇게 적어두지 않고는 안 될 마음이기도 했을 겁니다. 그래서 저는 품고만 있기엔 그 덩어리가 커져 표현하고 싶은 마음들을 담으려고 했습니다. 사소하다고 무시하던 감정들을 기록하고자 했습니다.

책을 채우면서 수많은 설토를 다시 그리고, 그러면서 설토의 모습을 통해 새로운 감정을 또다시 마주했습니다. 때에 따라 다가오는 감흥은 달랐지만, 늘 무언가를 생각하게 했습니다. 이 책을 마주하는 당신에게도 그 '무언가를 생각하는 시간'이 조금이나마 생길 수 있길 바라봅니다. 짝짝이 귀를 가진 설토와 따뜻한 시간 보내시기를.

_ 설레다

차 례

Part1. 어느 날 내 마음이 말을 걸었습니다

Part2. 좋은 사람이 되고 싶어 애쓰고 있지만

Part3. 오늘도 상처받고 말았다구요

Part4. 그럼에도 당신에게 줄 마음은 남아 있어요

Part5. 나는 여전히 당신이 필요하니까요

PART 1

어느 날 내 마음이 말을 걸었습니다

우울하신가요
햇살 좀 받읍시다

광
합
성

마음이 단단하게 굳어버렸나 봅니다.
누군가를 만나 조언을 구하고,
친구로부터 위로를 받아도
영 나아질 기미가 보이지 않습니다.
시끌벅적한 모임에 나가 거나하게 취하고,
홀로 방에서 가슴 치며 울어봐도
돌처럼 딱딱해진 마음은 여전합니다.
오늘이 어제인지, 내일인지 분간되지 않을 만큼
실컷 자고 일어나도 소용없었지요.

그러던 그 마음이 그저 커피 한 잔 홀짝이며
가만히 볕을 쬐었을 뿐인데
스르르 녹아 사라져버립니다.
이렇게 순식간에, 너무나 허무하게.

만
신
창
이
가
될
지
도 모
르
지
만

과거로 돌아간다면 나는 과연 이 일을 다시 선택할까 스스로에게 묻곤 합니다.

선택하지 않는다면 가지 못한 길에 대한 막연한 동경과 미련은 남겠지만,

지금의 불안과 외로움은 덜할 테지요.

그러나 저는 몇 번을 다시 돌아간다 해도 이 일을 선택할 것 같습니다.

이러니저러니 투덜거리긴 해도 좋아하는 마음이 불안이나 외로움보다 크니까요.

누군가의 눈엔 미련하기 짝이 없는 선택일지도 모릅니다.

하지만 나는 알고 있습니다.

이 일이 주는 괴로움을 감내하게 하는 즐거움이

길 위로 돋은 뾰족한 가시 사이사이에 선연히 존재한다는 것을.

곳곳에 흉터로 남은 상처들과 지금도 여전한 괴로움을 고스란히 인내하게 될지라도.

또 이 길 위에 있을 겁니다.

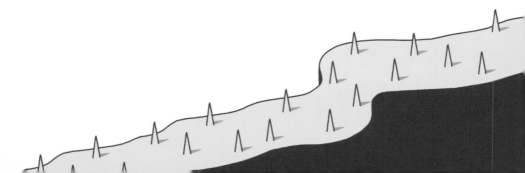

리로워도 모르는 길, 혹은
리롭지만 좋은 길

내 생선에 칼집이 생기면
더 맛있는 생선구이가 되겠지

살아가는 것도 생선구이

칼
집

시련이 만들어내는 인생의 굴곡이 근사해 보일 때가 있습니다.
어디까지나 나의 삶이 아닌 남의 삶을 구경하는 입장에선 말이지요.
별다른 사건 사고 없는 평온한 삶이라면 사는 일이 밋밋하고 지겹게 느껴질지도 모릅니다.
그러나 여기저기 베인 상처 입은 삶보다 깔끔하고 매끈한 삶이 좋아요.
심심한 인생이 될지라도 불행으로 삶이 뒤틀리는 것보단 낫지 않을까요.

말은 이렇게 해도 금방 생각이 바뀌어
마음을 타오르게 하는 불길을 찾아 뛰어들지도 모를 일이죠.

하지만 지금은, 오늘만큼은 아니에요.

우
물
쭈
물
하
다　보
니

어쩌면 문제의 시작은 새끼손톱만큼 작고 사
소한 일이었는지도 모릅니다. 진작 손을 봤더
라면 별일 아닌 듯 말끔히 지워졌을 그 일을 내
일. 내일, 내일. 그리고 언젠가. 그렇게 품고 있
다 보니 어느새 잔뜩 부풀어 몸집만 커져 머릿
속을 한가득 채우고야 말았습니다. 이제 와 소
용없는 일이지만 어쩌나, 어쩌나 하면서 또 차
일피일 미루고만 있습니다.

걱정 때문에 머리가 터질 지경이야!

블랙박스

내 마음을 담은 상자라 해도 열어보기 전에는 뭐가 있는지 알 수 없습니다.

하긴, 들여다보고도 도통 알 수 없는 때가 더 많죠.

아는 것 같다고 느낄 때도 있지만, 그 순간일 뿐 이내 흐려지고 맙니다.

내 마음이라고 다 알 수 있나요.

오히려 여기 모여 있기 때문에 두루뭉술한 건지도 모릅니다.

어제 있었다고 오늘도 있는 게 아니고, 오늘 없다 해서 내일도 그렇다고 말할 수는 없죠.

좋아하는 마음이라고 많이 가질 수도, 싫어하는 마음이라고 쉽게 없앨 수도 없고요.

모든 계획을 말아먹는다는 무서운 병

내
일
부
터
병

일분일초를 쪼개어 쓰며 바쁘게 움직이는 사람들을 보면 그들은 나와 다르게 인생을 낭비하지 않고 열심히 사는 것만 같습니다. 어떨 땐 그런 삶의 아우라에 매료되어 '내일부터'를 외치며 미루는 내가 한심해 보이기도 하지요.

하지만 가끔은 인생의 시간을 대충 채우는 것도 나쁘지 않습니다. 그 시간들 사이에서 '나'를 만나기 좋은 틈을 많이 갖게 되니까요.

잠이 깰 때까지 멍하니 앉아 있는 몇 분. 드르륵 원두가 갈리는 소리를 감상하고 뜨거운 물을 부으며 피어오르는 커피 향을 천천히 느껴보는 일. 기분의 변화를 시시때때로 만질 수 있고 사랑하는 사람을 틈틈이 그리워할 수 있는 순간.

'뭘 하고 놀까? 뭘 배워볼까? 뭘 먹을까?' 스스로 여러 가지 질문을 던지며 나를 만나는 일.

모두 대충 채우는 삶의 틈새에 앉아 할 수 있는 일입니다.

기
억
을
먹
는
괴
물

기억나지 않는 과거, 네가 먹은 거야?

이 작은 머릿속에 기억을 모두 담을 수 없어서 저마다 한 마리의 괴물을 키우고 삽니다. 마음이 시키는 대로 먹고, 마시고, 잠드는 아이라면 좋으련만, 간혹 제멋대로 구는 탓에 종종 기억이 엉망이 되곤 합니다. 분명 소중한 날이었고, 잊어서는 안 되는 날이었는데도 언제인지 모르게 기억에서 흐릿해져 있습니다. 잊어도 될 일은 그때의 감각이 모두 재현될 정도로 또렷한데 중요하다 되뇌고 되뇌던 기억은 당혹스러울 만큼 깨끗하게 증발되었습니다.

별일 아니었습니다. 나에겐 아무 일도 아니었어요. 그러나 내 마음은 기억에 남은 그 일을 중요한 것으로 여겼나 봅니다. 오히려 간직하려 했지만 사라진 기억은 내 마음에선 지워버려야할 만큼 별 볼일 없었거나 괴로웠던 일이었는지도 모르겠습니다.

난 그대로야

세
월

시간이 나이를 먹는 거예요.
나는 예나 지금이나 그대로인걸요.

두
통

오늘도 머릿속에선 한바탕 난리가 났습니다.
너도 옳고 나도 옳고. 간혹 나도 틀리고 너도 틀리고.
이럴 때도 있고 저럴 때도 있음을 이젠 좀 알 만도 한데.
여전히 내가 맞다. 네가 아니다 싸우고 있습니다.

나와 내가. 쓸데없이.

곡
예

삶이라는 길은 자주 그 모습을 바꿉니다. 한 가지 모습을 오래 보여주지도 않을뿐더러 하루에도 수십 번 다른 모습을 보이기도 합니다. 그 모습이 바뀌기 전에 선수를 치면 이렇게 힘들지는 않을 텐데, 우리 대부분은 삶의 모습에 맞춰 살기 바쁘지요. 그럴 수밖에 없을 겁니다. 미래를 예견하는 일이 보통의 일은 아니니까요.

삶은 걷기 쉽게 혹은 마음껏 달려갈 수 있을 만큼 팽팽하고 탄탄할 때도 있고, 조심하지 않으면 금방이라도 끊어질 것처럼 가느다랗고 느슨해져 있기도 합니다. 파도 타듯 휘청거리며 날뛰기도 하고, 때론 무섭게 속도를 내며 솟구쳤다 갑자기 내리꽂히기도 하고요.

그런 삶 안에서 주어진 생명을 소중하게 받아들이고 아슬아슬 균형을 잡으며 신중하게 나아가는 일. 떨어지지 않기 위해 별별 짓을 다 하게 되는 일. 그게 바로 '인생'이라 부르는 서커스인지도 모르겠습니다.

외줄타기 인생

그만 커지라는 말이야

외면할 수 없다면

이렇게 되고 말았습니다.

긍정적인 다짐으로 매일 하루를 시작하며,

어려운 일이 생겨도 희망적으로 마음을 쓰려고 노력했어요.

기분이 울적해질 때마다 몇 번씩 나 자신을 다독여봤지만 그런데도 이렇습니다.

이젠 정말 어찌해야 할지 모르겠으니 다짐이고 노력이고 다 포기하려 했습니다.

마음이 어떻게 되든 모른 척하려고 했어요.

하지만 이내 무언가가 마음을 묵직하게 눌러옵니다.

뜨겁게 달궈진 쇳덩이를 갖다 댄 듯 마음이 요동치고 진땀이 흐릅니다.

왜 이러는지 스스로에게 물어보려던 순간 알았어요.

모른 척하려고 했던 시간만큼 나를 조여오는 것들은 튼실하게 제 덩치를 키워가고 있었음을.

번개를 맞은 듯 등줄기에 번쩍 정신이 듭니다.

여기서 벗어나보기로 다시 마음을 먹습니다.

흐트러진 손과 발에 힘을 주어봅니다.

언젠가 또다시 불안과 초조가 나를 옥죄여온다 하더라도,

그렇지 않은 시간은 누려야 하니까 남아 있는 힘을 모두 쏟아부어보려 합니다.

아주 사소하지만 나에겐 분명한

겉으로 드러나는 변화는 없지만 내 안의 무언가가 달라졌음을 느낍니다.

단단하게 묶여 있던 고정관념의 일부가.

나 스스로 변하지 못할 거라고 여겼던 아주 사소한 습관이.

도무지 마음에 들지 않아 감추고 싶던 못난 버릇이.

이전과 조금 달라졌음을 느낍니다.

이렇게 하면…

더 높아지겠지?

이래 봬도 달라졌다고!

좋은 쪽인지 아닌지는 아직 확실하지 않지만요.
타인에게는 이런 변화가 보이지 않을 겁니다.
내 마음의 작고 조용한 환호도 들리지 않겠지요.
그렇지만 상관없습니다. 몰라주어도 괜찮아요.
보여주기 위한 변화가 아니니까요.

재
생

세상 모든 절망이 나를 덮치고 지나간 것 같은 무기력에 빠진 날이었습니다. 다시는 새로운 사람을 만나지 못할 것 같고, 좋아서 시작한 일에도 흥미를 잃어버려 삶의 의미가 증발되어버린 시간. 눅진하게 들러붙은 우울에도 갈증과 허기는 아랑곳하지 않고 존재감을 드러내더군요. 뭐라도 사 올 생각에 현관 밖으로 나서는 순간, '아!' 하고 의미 모를 감탄이 입 밖으로 터져 나왔습니다.

별 쬐고 살아남

구름 없이 말간 하늘, 한들한들 불어오는 상쾌한 바람, 눈물과 먼지로 더럽혀진 얼굴에 따뜻한 볕이 닿아 피부를 간질이는 찰나의 순간. 음습한 방 안에서 진득하게 엉겨 붙던 우울은 어느새 간데없고, 그저 찬란한 날씨에 감탄하며 멍하니 서 있습니다. **사라지지 않을 것만 같던 불안과 슬픔을 위로받으면서.**

그래야 내가 좀 자랄 거 아냐

자
존
감

자존감은 내가 태어난 이후 지금까지 한순간도 빠짐없이. 늘 함께합니다.

어딘가로 사라지거나 갑자기 쑥쑥 자라나지 않지요.

원래 있던 자리에서 처음 모습 그대로 항상 나를 기다립니다.

그가 변한 것 같다 오해한 적도 있지만,

이내 깨닫게 되겠죠.

늘 한결같은 그를 두고 내 마음만 이리저리 분주했음을.

오늘 내가 고른 감정 메뉴는?

오
늘

뭐

먹
지

?

내 기분을 온전히 나 혼자 독차지할 수 있는 아침.
멍하니 침대 모서리에 걸터앉아 오늘의 내 마음결을 차분히 더듬어봅니다.
문밖을 나서면 내 마음이 오롯이 나의 것만은 아닐 때가 많으니까요.
별것 없이 그저 '오늘 행복하면 좋겠다'라는 생각만으로
찌뿌드드하던 마음이 스르르 풀어집니다.

마음이 순순히 생각을 따를 거란 기대는 하지 않아요.
그래도 원하는 감정을 떠올리다 보면 뭔가 바보 같은 얼굴을 하고 히죽거리게 되곤 합니다.
그럴 때면 내 마음을 다루는 일. 뭐 이리 간단한가 싶은 생각이 듭니다.
물론 그러기 어려울 때가 더 많지만 말이에요.

매일 매일 새로워!

오늘을
오늘답게

어제를 떠올리지 않아도 괜찮습니다.
내일을 계획하지 않아도 상관없어요.
어제는 이미 내 곁을 떠났고,
내일은 아직 내게 오지 않은 시간.
오늘만이 내가 무엇을 할지 선택하고 실천할 수 있는 유일한 시간입니다.

어찌할 수 없는 시간들에 곁눈질하지 않고, 주어진 지금 이 시간을 잘 채워보려고요.
오늘도 이대로 흐르면 어제가 되어 그리워할 테니까 말입니다.

아직 어린 내 마음을 지그시 바라보네

지
그
시
바
라
보
기

마음을 지그시 바라보며 오늘의 기분을 물어봅니다. 돌아오는 대답이 세심해질수록 그날의 기분이 좀더 다양해지더군요. 간단명료했던 감정들이 자잘한 가지를 뻗어 더 예민하고 섬세하게 감각하는 것 같습니다. 약간만 스쳐도 움츠러드는 부분이 있는 반면. 자극을 밀어붙이며 거세게 저항하는 부분도 있고요. 나를 좀더 마주하면. 내 기분을 좀더 들여다보면 지금보다 많은 것을 알게 되지 않을까요. **한 번에 욕심내지 않고, 천천히. 바쁘더라도 틈틈이. 매일매일 말입니다.**

밤

밤이 되면, 온갖 소리들이 깨어납니다.

섬광처럼 스쳐 가는 구급차 소리. 꼬리를 길게 빼고 사라지는 배달 오토바이 엔진 소리. 술김에 객기 부리는 취객들의 혀 굽은 소리. 막 주차가 끝난 자동차의 잠금장치 소리. 누군가 계단을 오르는 소리. 비닐봉지 바스락거리는 소리. 바람이 창을 흔드는 소리. 하수가 흐르는 소리. 흐릿하게 뭉개진 TV 소리. 냉장고가 돌아가는 소리. 이불과 베개에 몸과 머리카락이 쓸리는 소리. 나의 숨소리. 숨소리 사이를 잇는 탄식. 이 사이를 비집는 침 삼키는 소리. 심장 뛰는 소리. 그리고 **하지 않아도 될 생각들이 하나씩 알을 까고 태어나는 소리.**

요란해지는 소리 때문에 여름 한낮처럼 활활 타오르는 밤이 여러 날 있습니다. 지친 하루들이 뜬눈으로 밤을 지새우며 실핏줄을 터트리는 날들. 마음이 칼날처럼 날카로워지자 감정은 자잘한 파편으로 부서져 길길이 날뛰곤 합니다. 그것들을 끌어안고 어찌할 바를 몰라 두리번거리는 날이면, 깨어 있는 채로 꿈을 꿉니다. 검고 커다란 밤이 나타나 나를 품어주는 꿈. 따뜻하고 보드랍고 푹신하고 두툼한 앞발에 동그랗게 몸을 말아 기댄 채 잠드는 꿈을.

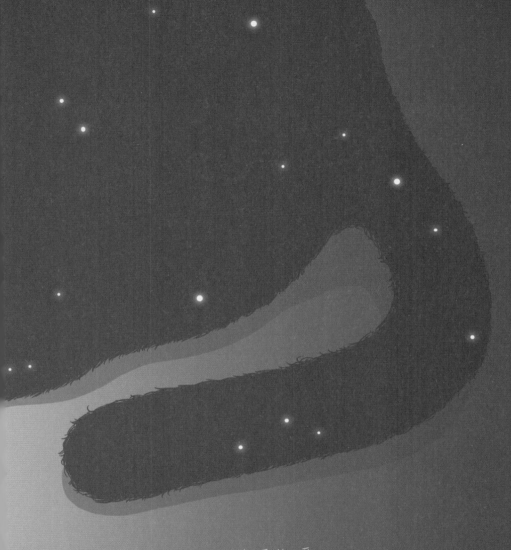

검고 큰 밤의 품에 안겨

Good night

와
글
와
글

속이 와글와글 복잡합니다.
얼마나 쏟아져 나오는지, 언제까지 이럴 건지 지켜보는 중입니다.
'이러다가 말겠지?' 하는 마음으로 두고 보는 중이에요.
끝없이 이런 식이라도 어쩌겠어요.
이렇게 속이 시끄러운 날도 있는가 봅니다.
그저 가만히 지켜볼 밖에요.

내 속에 내가 너무 많아

애
쓰
지
않
아
도

울컥 올라오는 울음을 애써 삼킵니다.
그런데도 찔끔 눈물이 나기 시작하니 울어도 되는 걸까 잠시 고민합니다.

실컷 울어도
된다고…

그렇게 애쓰지 않아도
괜찮아

혼자 있는데도 눈물이 나오는 내가 과연 괜찮은 걸까 생각합니다.
눈물이 나오면 울면 될 것을. **우는 일은 유난히 마음을 주저하게 만드네요.**
실컷 울면 마음이 후련해질 걸 알면서도 마음을 터트리기란 어쩜 이리도 어려울까요.

PART 2

좋은 사람이 되고 싶어 애쓰고 있지만

다친 데 또 다쳤어

돌
고

돌
고

돌
고

넘어지고, 다치고, 아프고, 슬프고. 살다 보면 그럴 수 있습니다. 힘들긴 하지만 그런 건 얼마든지 견딜 수 있어요. **그보다 참기 힘든 건 작은 돌부리에도 걸려 넘어지는, 당할 수밖에 없는 약한 나를 인정해야 한다는 겁니다.** 상처받는 것에 익숙해지면 좀 덜 괴롭지 않을까 생각했지만, 부질없는 기대였습니다. 이 반복이 익숙해지기 전에, 벗어나려는 생각조차 못 하게 되기 전에 도망치고 싶습니다. 관계에서 벗어나면 괜찮아질까요? 철저히 혼자가 된다면 이 악순환은 사라질까요? 돌고 도는 이 굴레에서 깔끔하게 사라지고 싶어요. **덜 아프고, 더 행복할 수 있는 어딘가로.**

포맷이 필요하다

이
럴

줄

몰

랐

다

'괜찮겠지. 아무 일 없겠지. 별일 없이 잘 지냈으니까 앞으로도 그럴 거야.'

어떤 문제를 만나건 어디가 어떻게 멍들건 상관없이 이런 말을 읊조리며 지냈습니다.
제대로 들여다보지도 않고 그저 슬쩍 건성으로 보곤 전부 해결되었다 하며 넘기고는 했지요.
내가 어찌하지 않는 이상 내 안에 쌓여가는 일이란 걸 모르고.
미뤄둔 숙제처럼 보지 않는다고 사라지는 것이 아니란 걸 모르고 말이에요.

언
젠
가
는
바
라
는
대
로

때로는 상대의 진심 어린 배려와 위로가 가식처럼 여겨질 때가
있습니다. 그럴 때면 나는 나 자신에게조차 어깃장을 놓으며 시
비 걸고 상처를 주곤 하지요. 축축하고 후미진 감정의 밑바닥까
지 나를 패대기치고는 비아냥대고 감당하기 어려운 말을 퍼부
으며 질책하기도 합니다. 별일 없을 땐 스스로에게 한없이 나긋
하다가 무슨 일만 생기면 차갑게 돌변하는 나. 스스로를 잘 아는
만큼 가장 큰 상처를 주는 사람도 나. 자신에게 가장 냉정하게 굴
었던 사람 역시 나. **그렇기에 힘이 되는 말, 따뜻한 말 한마디를
간절히 바랐던 상대도 바로 나였습니다.** 아직은 서투르지만 언
젠가는 호된 꾸지람 대신 따뜻한 격려 한마디 스스로에게 건넬
수 있게 되겠지요. 못난 마음이라고 구석으로 밀쳐내기보다 가
슴팍에 끌어안아 다독여줄 때도 생기겠지요.

자신을 움직이는 건 결국 자신이니까

궁금증

잘 모르겠습니다.
비겁한 모습을 감추려고,
쑥스럽고 창피한 모습을 숨기려고,
흔들리며 불안해하는 마음을 덮으려고
수없이 바꿔 쓰는 모습들.
그중 무엇이 진짜 나일까요.

그 모두가 나의 일부라면 전부를 품은 하나의 나는 어떤 모습일까요.

시나브로 시간이 많이도 흘렀습니다. 시간이 빨리 흐르기를 바랐던 적도 있었건만. 이젠 시간이 멈추기를 바라는 나이가 되고 보니 나이 먹는 일에 대해서 생각하게 됩니다. 나이를 먹는다는 것이 나의 시간에 숫자만 채워 넣는다고 전부가 아닐 텐데. 나는 과연 내 나이만큼 나의 삶을 넓혀가고 있는 것인지 자문하게 됩니다.

남들 앞에서 괜히 젠체하기만 하거나 부끄러움을 잊어버린 채 지내는 건 아닌지. 가슴 뛰는 일을 원하면서도 은근히 그런 일을 귀찮아하고 있는 건 아닌지. 어린 시절 그렸던 내 모습에 가까워지고는 있는 건지 생각해봅니다.

멋지게 나이 드는 것까지는 바라지도 않아요. 적어도 부끄럽게 나이 들지는 말자고 시간 앞에서 다짐해봅니다.

너도 나이 들어가는구나

나도 모르게 폭발하는 이 마음

불쑥 불쑥

여기서 펑. 저기서 펑.
오늘도 펑펑 터집니다.
감정이 요동을 칠 때마다
심장이 갈비뼈를 뚫고 튀어나갈 듯 쿵쾅대지만,
그렇다고 여기서 주저앉아버릴 수도 없는 일.
내일을 예측할 수 없는 오늘을 살고 있는 이상.
두 눈 질끈 감고 가는 수밖에 없겠죠.
언젠가는 아찔한 향기를 풍기는 꽃들이 끝없이 펼쳐진
초원이 나타나리라 믿으면서요.

바
느
질

마음 아프지 않고 살 수 있다면 얼마나 좋을까요. 어머니의 뱃속에서 천국의 평온을 누리던 그때를 제외하면 삶은 늘 상처의 연속입니다. 찌질하고 유치한 다툼에서부터 인생의 방향키를 통째로 틀어버리게 만든 사건에 이르기까지 수많은 사건 사고들이 상처로 기록되죠. 마음은 늘 다치지만 매번 아물기를 잊지 않습니다. **아문다는 것은 문제가 해결되었음을 의미하기도 하지만, 종종 '어찌어찌 잘 덮어 넘김'을 뜻하기도 합니다.** 해결하기가 어렵다 못해 괴로워지면 짐짓 모른 체하며 덮어야 숨통이 트일 때도 있으니까요. 상처받는 일은 계속 일어나겠지만, 다행인 건 아무는 일도 멈추지 않고 이어진다는 사실입니다.

겨우 이거야?
좀더 많이,
더 줄 수 없어?

얼마나 더 주어야 하는 거니

사
랑
하
기　때
　　문
　　에

나는 사랑을 주었습니다.

그도 분명 그 마음을 잘 받아주었다 생각했습니다.

그런데 우리는 왜 이렇게 아프기만 할까요.

진즉 돌아서야 했는데 괴로우면서도 그대 곁에 머무르고 싶은

이 마음을 어떻게 이해해야 할까요.

나로 인해 그가 아픈 건지, 그로 인해 내가 힘든 건지

원인과 결과의 방향이 모호해지는 날들이 쌓여갈수록

우리의 관계를 무슨 말로 정의해야 할지 머릿속이 복잡해지기만 합니다.

어쩌면 나나 당신이 병을 앓고 있는 건지도 모르겠습니다.

사랑에 굶주려 누구보다 사랑을 갈구하지만

받으면 받을수록 허기가 심해져

따뜻해지기는커녕 아파지는 병.

나를
찾지
말아요

친구를 만나면, 당신을 안으면, 술이라도 마시면, 실컷 울어버리기라도 한다면 나아질지도 모릅니다. 하지만 오늘은 그 모든 것으로부터 사라지는 편이 가장 좋을 것 같아요. 친구가 내 얘기에 당황하지 않을까, 당신이 걱정하지 않을까 염려하지 않아도 되고, 못난 내 모습을 향한 생선 가시 같은 조언들로부터 잠시 벗어날 수 있으니까요. 그러니 **오늘은 나를 찾지 말아요. 웃으며 다시 인사할 때까지만 잠시 기다려주세요.**

이대로, 잠시만

1
인
의

시
간

내가 혼자라서 외로울 거라 생각하나요?

당신도 혼자라서 외롭다고 생각하곤 하나요.

사람들은 홀수로 존재하는 것에 이유 모를 쓸쓸함을 느끼나 봅니다.

식당에 혼자 앉아 있는 사람, 연인 사이에 끼어 있는 한 사람,

6인석 테이블에 다섯 명이 앉아 홀로 앉아 있는 사람을 볼 때,

그 한 사람에게 왠지 처연한 눈빛을 보내기도 하니까요.

달이 이지러지고 사라질 때까지

함께할 누군가가 있으면 좋겠다는 생각을 가끔 하긴 하지만,

그건 어디까지나 생각에서 그치고는 해요.

누군가 있다면 좋겠지만 없다고 해서 싫은 것도 아니니까요.

오히려 나의 시간을 누구의 방해도 받지 않고 충분히 아껴주고 있다는 생각에

홀가분한 행복을 느낄 때도 있습니다.

아직은 혼자라서 좋아요. 당분간은 이렇게 나의 시간을 마음껏 즐겨볼래요.

백반 1인분이요,
좌석 1장이요,
조조영화 1장이요.
1인분은 없나요?
삼겹살 1인분이요.
사과 1개는 얼마예요?
아,… 그렇게는 못사요.
혼자 먹기엔
너무 많아서….

혼자인 게 어때서요

삼키자니 내가 죽겠고, 뱉자니 네가 죽겠고

울
화

누군가는 노래방에서 목이 터져라 노래를 부른다던데.
누군가는 허벅지가 터질 만큼 미친 듯이 자전거를 탄다던데.
누군가는 펑펑 울다가 일찌감치 침대로 숨어들어 죽은 듯 잔다던데.
누군가는 술과 안주를 잔뜩 먹고 마시며 액션 영화를 질릴 때까지 본다던데.
누군가는 친구를 만나 온갖 험담을 다 해가며 푼다던데.

나는 이 화를 터트릴 만한 방법을 찾지 못했습니다.
아직도. 여전히 말이죠.

때
론
진
심

오랫동안 품어온 감정을 외치고 나니 속이 다 시원합니다.

원만한 사회생활, 폭넓은 인간관계 모두 다 좋지만,

가끔은 내 진심을 외쳐줄 내 속에 또 다른 나를 불러내어 숨 좀 쉬게 해주세요.

처음엔 고래고래 소리 지르며 사방팔방 미친 듯 날뛰겠죠.

하지만 가슴에 맺힌 응어리를 조금 풀어내고 나면

이 친구도 그리 사납게 굴지만은 않을 겁니다.

내 안에 독기 있다

그
대,

있
는

그
대
로

도도하고 냉정한 얼굴 뒤에는
작은 핀잔에도 눈치 보는 모습.
뭐든 씩씩하게 해낼 것 같지만
그 뒤에는 마음 졸이며 걱정하는 모습.
외로워하고 슬퍼하고 아파하고 있지만
그런 감정들을 모두 가벼이 흘려버리고
타인에게 먼저 활기차게 말을 건네는 모습.
도톨도톨 가시 돋은 말에 무심한 척하지만
사실은 그 말들에 찔려 밤잠을 설치는 모습까지.
모두 당신의 모습이지요.

내 모습이 아니라고 부정하거나 숨기고 싶은 부분도 있었을 텐데.
당신은 나약하고 아린 모습까지 고스란히 드러내 보이네요.
있는 그대로 자신을 보여주는 당신, 정말 솔직하고 멋진 사람입니다.

너의 진짜 모습이 어떤 건지
모르겠어

한동안 안 보인다 했더니

그곳에 잠겨 있었니

어
서
와
요,
우
울
씨

다시는 만나지 않을 거라 생각했는데, 저 멀리 떠나버린 줄 알았는데.
이리저리 눈치를 살피며 내 곁을 서성이는 당신과 눈이 마주치고 말았습니다.
당신은 나를 보며 우는 듯 반가운 듯 묘한 표정을 하고는
심연처럼 깊은 눈빛으로 이렇게 말하고 있군요.

그렇게 미친 듯 앞만 보며 뛰지 말고
잠시 멈추고 자신을 좀 아껴주는 건 어때요?
더 아파할 마음도 남아 있지 않을 테니
나와 잠시 쉬어 가는 것도 좋지 않겠어요?

내
겐
소
중
한
사
람

나 혼자만 외로운 건 아닐 겁니다.
나 혼자만 우울한 게 아닐 거예요.
어쩌면 외로움도 우울도 신경 쓰지 않아도 좋을 만큼 작고 보잘것없는데
괜히 내가 그것들을 부추겨 내 마음을 힘들게 하는 건지도 모릅니다.

그러니 스스로를 너무 몰아세우지 말아요.
미리 아파하지 말아요.
소중한 사람이니까요.

희망이 불안을 어르고 달래며

끝
까
지 함
께

'힘들게 해서 미안해'라는 말 대신
'네가 있어 다행이야'라고 말해주세요.
미안하다는 말 대신 고맙다는 말.

끝까지 같이 가는 거, 그게 진짜다

이
미
너
무
많
이

'이쯤이야' 하며 첫 번째 거짓말을 합니다.
'뭐 괜찮겠지' 하고 두 번째 거짓말을 합니다.
'별일 없을 거야'라며 세 번째 거짓말도 쉽게 하고요.
습관처럼 네 번째 거짓말을 하려는데
내가 나에게, 거짓말들이 나에게 번득 말을 겁니다.
'괜찮지 않으면 어쩌려고.'

낳고, 낳고, 낳고

또? 낳고, 낳고

첫 번째, 두 번째, 세 번째 거짓말을 스스럼없이 거쳐 왔는데
그 말을 듣자마자 뒤돌아보게 됩니다.
등골에 찌르르한 자극이 지나가고 식은땀이 흐르는 것 같습니다.
내가 뱉은 말들이 사라지지 않고 나를 쳐다보고 있다는 걸 깨닫는 순간.
그제야 내가 무슨 짓을 한 건지 생각하게 됩니다.
뒤늦게 말이에요.

덩
그
러
니

홀로 남겨졌습니다.
아무도 없는 곳에, 아무것도 쥔 것 없이.
소중하다 여겼던 사람, 중요하다 생각했던 일들이
모두 사라진 채 나만 또렷하게 남았습니다.
내 속에 꼭꼭 품고 있던 모든 것들이
사실 버겁기만 했던 것일지도 모르죠.

그래서 나도 모르게 이렇게 덩그러니 남겨져 있나 봅니다.
옥죄던 것들로부터 벗어나 나를 홀가분하게 해주기 위해서요.

나만 두고 다들 어디로 갔어

PART 3

오늘도 상처받고 말았다구요

자
발 적
외
로
움

드러내고 싶지 않은 마음.
하지만 당신이 가까이 다가와준다면 들키고도 남을 만큼 얕게 숨겨진 마음.
그런 마음을 품고 안절부절못하는 나를 아무도 몰라주는 것 같아 외로웠습니다.
누구도 내게 신경 쓰지 않는 것 같아 쓸쓸했어요.

그렇게 외로워하면서도, 단지 위로받기 위해
나약하고 애처로운 내 모습을 그대로 보여줘야 한다면
차라리 혼자 견디는 게 낫다고 말하고 싶습니다.
들키고 싶은 마음이면서도 어설프게 감춘 채 쓸쓸해하는 이유는
아마도 약해빠진 속을 드러낸 보상으로 받게 될 당신의 위로를
달게 받을 자신이 없어서인지도 모르겠습니다.
언젠가는 그럴 수 있겠지만, 아직은 말이에요.

말하면, 말해버리면
진짜가 되는 거잖아

일부러 그러는 건 아닙니다

쓸데없는 말은
저장할 필요 없음

말이 참 그렇습니다.

바짝 날이 서 있기도 하고, 흐물흐물 형태를 알 수 없을 때도 있지요.

오늘 그의 말은 혀끝에 짓눌려 한껏 으깨진 채로 나에게 왔습니다.

형태를 알아보기 어려울 만큼 산산조각 난 말들, 해석하기 어렵습니다.

이럴 땐 어쩔 수 없지요. 노력해도 안 되는 일이 있으니.

이
안
에

무
엇
이

있
나

'난 이런 사람이야'라고 생각하면 '난 정말 그런 사람일까?'라는 질문이 동시에 떠오릅니다. 내 마음이니 다 알 것 같지만, 늘 그렇지도 않습니다. 어릴 땐 모든 감정들이 선명했는데, 나이가 들수록 마음이 부옇게 흐려져갑니다. 어렴풋하게 감각할 뿐. 점점 내 마음을 제대로 느낄 수가 없습니다. 이런 나를 잘 알고 있다고 스스로 말할 수 있을까요? 하물며 당신은요. **사람과 사람. 그 흐릿하고 애매한 감정들의 만남 사이에는 시간이 필요합니다.** 성실하고 진중하게 시간을 들여 나와 당신을 좀더 분명하게 알아 가고 싶어요.

까도 까도 계속 나오는 문제

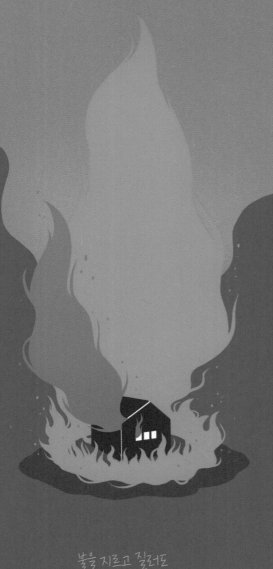

이 작고 검고 피비린내 나는 집에
수없이 불을 질렀지

불을 지르고 질러도
사라지지 않는 나의 작은 집

불
길
이
　치
솟
고

여전히 어려운 일이고 이미 지나버린 일이지만 그럼에도 물어보고 싶습니다.

이제 더 이상 원망을 쏟을 곳도, 미움을 토할 곳도 사라졌지만 말이에요.

미안하다는 말을 듣겠다는 것이 아닙니다.

그저 당신의 진짜 마음이 어떤 것이었는지,

그때 당신의 마음도 정말 지옥이었는지 궁금할 뿐입니다.

그걸 알게 된다면, 어쩌면 여전히 불바다인 내 마음을 삭일 수 있을지도 모릅니다.

어쩔 수 없었다는 말이 아니라,

이제 너도 어른이 되었으니 이해해달라는 말이 아니라,

그날 당신의 진짜 마음을 듣고 싶어요.

어
쩌
면

이
다
지
도

미
련
한
지

말하는 방법을 잊어버렸습니다.
아니, 잃어버린 건지도 모르겠네요.

좋다고 말하는 법, 아프다고 말하는 법,
곁에 머물러달라고 말하는 법,
괜찮은 척하지만 나란 사람이 먼지보다도 보잘것없게 느껴져
비참하기 이를 데 없다고 말하는 법,
쓸쓸하니 안아달라 말하는 법,
당신이 그립다고 말하는 법,
행복하고 싶다고 말하는 법을.

미련하게 참았더니 안 나와!

좀 더, 조금만 더!!!
넌 할 수 있어,
할 수 있다구!!!
네 자신을 믿어봐!!!

모두 잊은 채 살다가 결국 잃어버리고 만 건지도 모르겠습니다.

으어허어어어엉엉 안나와, 안나온다고
내가, 응? 내가 엉엉엉 어허억 캑캑
어허엉 얼마나 애썼는데), 꽉막혀서
크허억컥컥 나올, 어허엉엉 나올 생각을
아, 안해, 안한다고!!! 우에엥으허어엉엉커헉
왜안나오냐고, 왜   내가 얼마나 용을
써야해? 으어허엉   앙앙앙으아앙
어헝헝 뭘, 더이상   뭘 더하란 말이야!
허억 캑 이방법   허어어어엉엉컥
저방법, 으어허엉 안 해본게없, 크흐윽없어
크으으허어엉엉엉 갑갑해 답답하다고!
이제힘들어서 더는 못하겠어. 몰라몰라아앙
어헝헝크허억 꺽꺽 그, 그치만 한번만 더해볼게

장
전

'이러다 무슨 짓을 저지르고 말겠구나'라는 생각이 들 때면
이런 나를 막아줄 수 있는 누군가를 바라게 됩니다.
그러나 그 '누군가'를 찾는 일은 늘 힘들고
어렵사리 찾았다 해도 이미 후회할 일을 저지르고 난 후.
그래서 설명하기 힘든 감정에 빠지게 되면
막아줄 '누군가'를 찾는 대신 스스로를 어르고 달래는 편이 낫다는 생각을 하게 되었어요.
흔한 위로의 말일지라도 나에게 지겹도록 많이 들려주자고.
뻔하고 유치한 응원의 말이더라도 힘이 될 때가 있으니까요.

언제 싸버릴지 나도 몰라!

아직도 내가 가장 위에······

아
빠,

힘
내
세
요

"아빠, 힘내세요. 자식이 있잖아요.
아빠, 힘내세요. 취직이 안 돼요."

재미 삼아 중얼거리다가 울고 말았습니다.
이러려고 노력한 게 아닌데,
이러려고 졸업한 게 아닌데.

유
구
무
언

미안하다고 말하면 될 것을
괜히 이 말 저 말 빙빙 돌려서 나만 더 힘들게 되었습니다.

미안하다는 말이 뭐 그리 어렵다고,
뭐 그리 부끄럽다고.

잎이 열 개라도 할 말이 없어

탈
출

좋은 사람이고 싶었습니다.
잘 보이고 싶은 마음에 나를 무리하게 몰아붙였습니다.
이제는 불필요한 책임감에서 벗어나 차라리 미움받는 편이 낫겠습니다.
미움은 그들로부터 빠져나와 나를 자유롭게 만드는 열쇠가 되어줄 테니까요.

여러모로 진정한 해방인 거죠.

그들의 기대로부터 자유롭기 위해

날
잊
지
마,
제
발

영원한 존재도, 한결같은 마음도 없습니다.

'잊지 말아달라'는 말은
'잊혀진다는 사실을 잘 알고 있으니
조금만 더 날 기억해달라'는 부탁인지도 모르겠네요.

처음 날 만났을 때 그렇게 좋아했으면서……

천
사
같
은
내
새
끼

"대체 널 이렇게 만든 사람이 누구니,
너에게 변질된 사랑을 한껏 쏟아부은 사람 말이야."

가만히 아이에게 질문을 던져봅니다.
답을 듣진 못하겠지만 말이죠.

아효~
천사같은
내 새끼~

끔찍한 자식 사랑

배
신

시간이 많이 흐르고 나면 고마운 마음이 들지도 모르겠습니다.
나를 성장하게 만들어준 계기라며 말이에요.
하지만 지금, 이 일이 일어난 지금은 마음이 너무 아픕니다.
정말이지 너무 괴로워요.

당신을 이해하기 위해서 왜 이런 일이 생겼는지,
왜 그래야만 했는지 생각하면 할수록
이유는 간데없고 깨져버린 믿음의 파편들과 함께
'왜'라는 질문만 대책 없이 쌓입니다.
이로 인한 아픔으로부터 스스로를 추스르는 일도,
당신이 말해야 할 질문에 대한 답을 찾는 것도
결국 나의 몫으로 남을 테지요.

이 시간이 얼른 지나가길 바라고만 있습니다.
아주 없던 일처럼 깨끗하게 지워지길 원하고 있어요.

왜 그랬어, 왜!

댓글 확인하고,
SNS 구경하고,
(모르는 사람들이지만)
여기저기 친구 신청하고,
괜히 새로고침 해보고,
방문자 수 확인하고,
댓글 없어도 다시 보고,
쓸데없이 계속 보느라 바빠.
그건 그렇고, 말해봐.
어떻게 지냈어?
마주 볼 틈은 없어도
얘기하면 들어는 줄게.

아, 잠깐만. 나 댓글 좀 쓰고

복
잡
한 만
　　　남

서로의 눈빛을 보며 슬프고 즐거운 마음, 아팠거나 행복했던 이야기를 나누지 못한다면
우리는 왜 이곳에 함께 앉아 있을까요.
요즘 세상, 얼굴 보지 않아도 언제 어디서나 함께할 수 있는데
왜 우리는 이 자리에 같이 있을까요.

외로우니까요. 언제나 우리는 외로우니까요. 홀로 있을 때면 더욱.
그런 외로움에서 멀어지기 위해 당신을 찾고, 만나려 합니다.
괜찮다는 말만으로는 괜찮음을 느끼지 못하니까 이렇게 만납니다.
얼굴색을 살펴보고 목소리를 들어보고 눈빛을 읽기 위해.
이 시간을 통해 우리는 상대의 괜찮음을 느끼고,
나의 안녕을 확인하며 외로움을 잊고 위안을 얻고는 하지요.

그러니 당신과 나 서로 만나는 순간만큼은
손바닥 위, 작은 유리창 너머의 사람들은 모두 잊고 서로에게 마음을 주어요.
함께 만난 자리에 존재하지 않는 이들 말고
내 곁에 있는 지금 그 사람에게만.

감
정
의

모
양

표정이 전하지 못한 마음을, 말로 다 전달할 수 없는 감정을
손톱만 한 그림 속에 담아 당신에게 보냅니다.
나의 마음을 알아채길 바라는 기대까지 담아 보내지만
당신에게 이르기도 전에 감정은 조그만 화면 위에서 허무하게 사라지네요.
서로에게 닿지 못해 바짝 말라비틀어진 감정의 껍질들만이
화면 안을 가득 채우고 있습니다.

진짜인지 가짜인지 모를
도형화된 감정의 모양

싫다고 말한다는 게, 그만

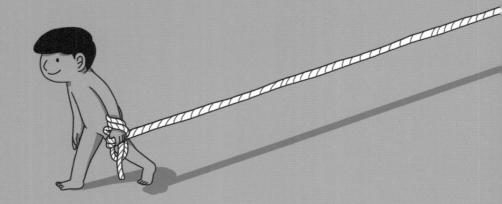

싫다고 말할 걸, 괜히 좋다고 말해서

거절하는 방법을 몰라서 그런 게 아닙니다.
아닌 건 아니라고, 싫은 건 싫다고 눈 딱 감고 말하면 되는데.
싫다는 말을 쉽고 멋지게 할 방법을 찾다 우물쭈물 넘어가고 말았습니다.
"싫어."
언제 이 말을 할 수 있을는지. 하게 되기는 할는지.
수백 번을 연습하고도 어째 한 번을 입 밖에 내놓지 못하니 말입니다.

아
프
지
만
괜
찮
아
요

모든 사람이 당신을 좋아한다고는 말할 수 없어요.
하지만 세상 사람 모두가 당신을 싫어하는 건 아니에요.
그러니 다가오는 나를 향해 무조건 가시만 세우지 않았으면 좋겠습니다.
잔뜩 웅크린 당신을 어떻게든 이해해보려 애쓰고 있으니까요.
그러니 날 너무 밀어내지 말아줘요.
일부러 아픈 말 하며 멀어지려 하지 말아요.

너도 날 이해한다고 말하지만,
가시가 아프니까 뽑으려고 할 거잖아

애
정
의 　방
　　향

좋아하는 마음은 언제나 직선로였어

우리의 사랑이 온전히 애정으로만 가득하다면 얼마나 좋을까요. 시기와 질투, 미움이나 불안 따위에 자리를 내어주지 않고, 좋아하는 마음으로만 가득 차기를 바라봅니다. 그럴 수만 있다면 나는 주저 없이 당신에게 달려가 따뜻하고 폭신한 그 품안에서 영원을 느낄 수 있을 텐데 말입니다. **하지만 나는 당신을 향해 뛰어가지 못하고 길을 더듬으며 나아가길 주저하고 있습니다. 무엇이 그리 불안한 걸까요. 혹시 당신도 나와 같은 걸까요.**

믿
고
싶
은
마
음

당신을 믿고 싶습니다. 전적으로.

내가 나를 의심하는 일은 있어도 당신만큼은 의심하지 않고 믿고 싶어요.

일말의 의심 없이 누군가를 의지하며 위로받던 안락함을 다시 느껴보고 싶습니다.

"괜찮아. 나를 믿고 말해줘"라는 당신의 그 말이 진심이라고 확신할 수 있다면 좋겠어요.

당신에게 실망하고 서운하고 아팠던 날만 있었다 하더라도.

어쩌면 그런 일이 다시 반복될 수 있다 하더라도.

그래서 말할 곳이 없나 봐

PART 4

그 럼 에 도 당 신 에 게 줄 마 음 은 남 아 있 어 요

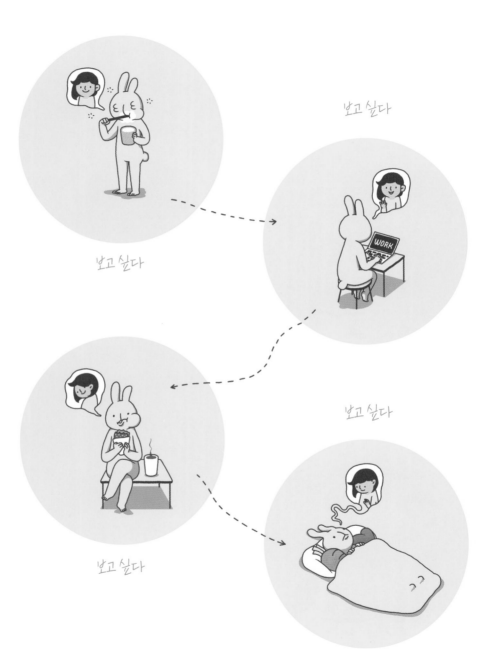

보고 싶다

보고 싶다

보고 싶다

보고 싶다

보
고

싶
다

언제부턴가 서서히 당신이 스며들더니,
내 속에서 어느새 나는 사라지고 이제 당신만 남았습니다.
내 삶의 주파수는 오롯이 당신에게 맞춰진 지 오래인데.
당신의 평범한 삶 속 어디에도 나의 존재는 찾아볼 수 없네요.
당신의 삶에 나를 욱여넣어달라 떼쓸 수도 없는 일입니다.
나 없는 오늘도 행복할 당신.
그런 당신의 하루를 그저 마음으로만 더듬어보는
나의 하루, 나의 오늘.

혼자라서 그런 거 아니에요

오랜 시간 혼자인 내가 안쓰러워 보이나 봅니다.
혼자라서 외로운 거라며, 외로울 땐 연애가 최고라며,
적당한 사람이 보이면 일단 관심을 가져보라고 합니다.

혼자라서 외로운 걸까요?
연애를 하면 모든 외로움이 사라지게 될까요?

나의 상태와 관계없이 외로움은 늘
나의 등에 찰싹 붙어 어디든 졸졸 따라다닙니다.

에이, 아니야

그런데 어느 날인가부터 자꾸만 한 사람이 생각납니다.
혼자라서 외로운 게 아니라고 말해온 나에게 한 사람이 떠오릅니다.
손바닥을 뒤집듯 갑자기, 순식간에 하늘을 갈라놓는 번개처럼 불현듯.
그 사람을 생각하니 혼자인 내가 외롭게 느껴지고, 연애도 해보고 싶어져요.

마음에도 없는 사람인 줄 알았는데,
어느 순간 이미 마음에 가득 차 있었습니다.

그럴 리가 없어······

네가 꺾어주지 않으면 안 되는 꽃

연
애
하
는

마
음

나라는 양분 없이 피어나지 못하는 것.
그러나 당신이 아니었다면
애초에 피지도 못했을 그런 마음.

마
음

재
배

내 마음 속에 있다고 모두 내 것이라 할 수 있을까요.
내 마음 사이사이에는 당신이 남긴 사랑, 우리가 함께 채운 시간.
누구도 심은 적 없는 감정들까지 모두 한데 뒤섞여 자라고 있습니다.
그걸 모두 내 것이라고 할 수는 없지요.

우리가 할 수 있는 거라곤
무언가 내 마음에 들어왔을 때 잘 보듬어주고
사라지면 한동안 그리워하는 일뿐입니다.

마음 밭에 똑같이 심었지만,

어떤 건 죽고, 어떤 건 살고

똑같이
심었는데…

모
르

거
야

아직 잘 모르고 있는 것 같아 말해주는 거예요.
아, 만약 알고 있었던 거라면 어쩌죠?

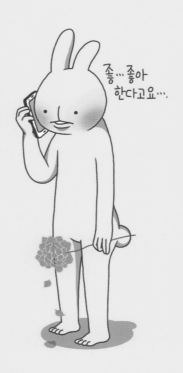

좋…좋아
한다고요….

모르고 있는 것 같아서……

불
면
의

밤

하루의 피곤으로 묵직해진 머리를 그의 도톰한 팔뚝에 기대고 누우면
그의 길고 뽀얀 손가락이 다정하고 보드랍게 머리카락을 쓰다듬어주던 밤.
잔조로운 손길로 등을 토닥토닥 다독여주던 밤.
요즘따라 그런 밤이 사무치게 그립습니다.
새벽이 깊어질수록 홀로 외등 아래에 서 있는 듯 눈앞은 새하얘지고 마음은 먹먹해요.

그를 찾아 떠나야 할까요?

아니면 다시 돌아올지 모르니 여기서 기다려야 하는 걸까요.
이러지도 저러지도 못한 채 느릿한 시간만이 한없이 늘어지고 있습니다.

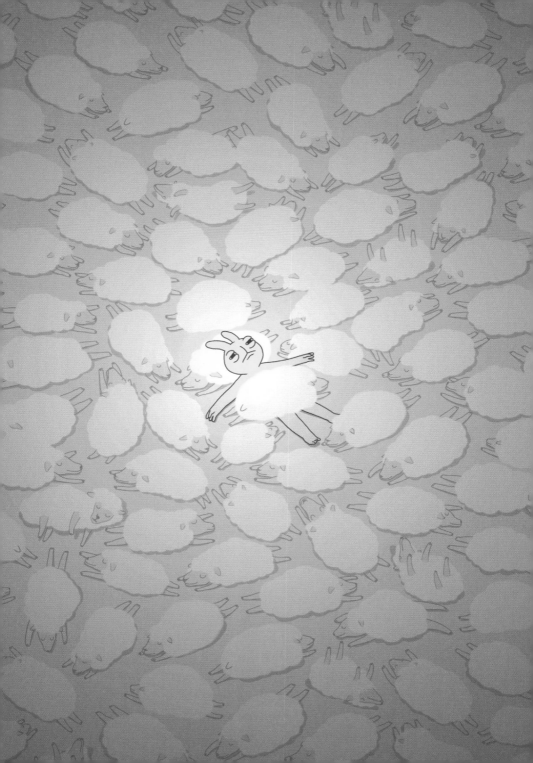

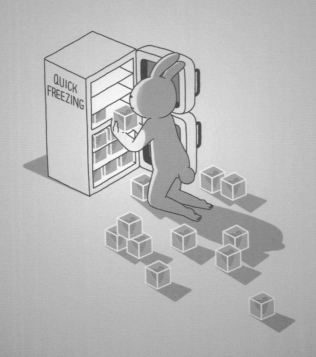

언제 다시 해동될지 모를 일

내
마
음
의
냉
동
고

때로는 아무렇지 않은 듯 차분한 표정으로
격한 감정을 깊이 묻어야 할 때가 있습니다.

당신을 위하는 마음으로,
좀더 어른스러운 내가 되고 싶은 바람으로.

그건 나와 당신을 속이는 일도,
내 마음이 괴로운 일도 아니에요.
배려하는 여러 방법 중 하나일 뿐.

한때는 나와 같지 않은 아버지를 싫어하기도 했습니다.

나는 다 옳고. 아버지는 전부 틀린 거라고 생각했던 때가 있었죠.

아버지의 많은 사연들을 일일이 이해할 필요가 없는데도,

이해되지 않는 것들에 화가 나 마주하지 않으려고 했던 날이 많았습니다.

그러다 때론 이해하고 싶지 않은 것을 이해하게 되었을 때

스스로에게 화가 난 적도 있었고요.

이런저런 이유로 나와 아버지, 서로가 삐걱거리고 고개 돌리려 애썼던 시간.

그런 시간이 있었음을 서로 알고 있을 겁니다.

이제 와 그 시간에 대한 잘잘못을 따져 들어 원망하거나 탓하려 들진 않지만,

그런다고 해서 없던 시간이 되는 건 아닐 테죠.

꽤 긴 세월이 흘러 지금은 이해하지 못하는 건 그것대로,

이해하는 것은 또 그것대로 인정하고 마주하려 합니다.

억지로 인정하기를 강요하거나 다짐하지 않고 자연스럽게요.

물론 저절로 그렇게 되는 건 아닙니다.

싫어도 보듬으려 하고, 좋으면 더 좋아지려 노력한 결과라고 생각해요. 서로가 말이죠.

곰곰이 되짚어보면 그때 나의 생각이 옳았고, 그의 생각이 틀린 거라고 할 수 있을까요.

나의 취향이 세련되고 그의 취향이 촌스럽다고 할 수 있나요.

생각이든 취향이든 또 다른 어떤 것이든

그저 서로가 지닌 특징일 뿐 판단의 요소가 되는 건 아닐 겁니다.

그렇게 하나하나 단어를 달리하며 스스로에게 질문하다 보면 이렇게 읊조리게 되더군요.

"서로에게 아픈 시간이 없었다면 좋았겠지만.

늦게라도 있는 그대로를 보려고 해서 다행이다.

지금보다 더 늦어지지 않아서 참 다행이야."

별
이
불

오늘. 정말 수고 많았어요. 나도, 당신도.
미처 일을 끝내지 못했더라도.
종일 실수를 연발하는 도망치고 싶던 최악의 날이었더라도.

우리는 오늘, 이렇게 살아남았습니다.
여기 이리로 와요.
포근한 밤의 곁에서 나와 함께 쉬어요.

당신 생각했다 말하기엔······

당신이라
말하기엔

당신 생각하다 보니 하루가 금방입니다.
당신 생각으로 조금씩 웃기도 합니다.

나만 알고 있던 내 속의 당신을 누군가 눈치채고 물어볼 때,
당신 생각했다 말하기엔 쑥스럽고 부끄러워
그대의 이름을 얼버무리고 맙니다.

가
까
이

어느 날 갑자기 내 곁으로 당신이 훅 건너왔습니다.
다가서고 싶었지만 사람이 어려워 우물쭈물하기만 했던 내 옆으로 다가온 당신.
먼저 용기 내주어서 정말 고마워요.

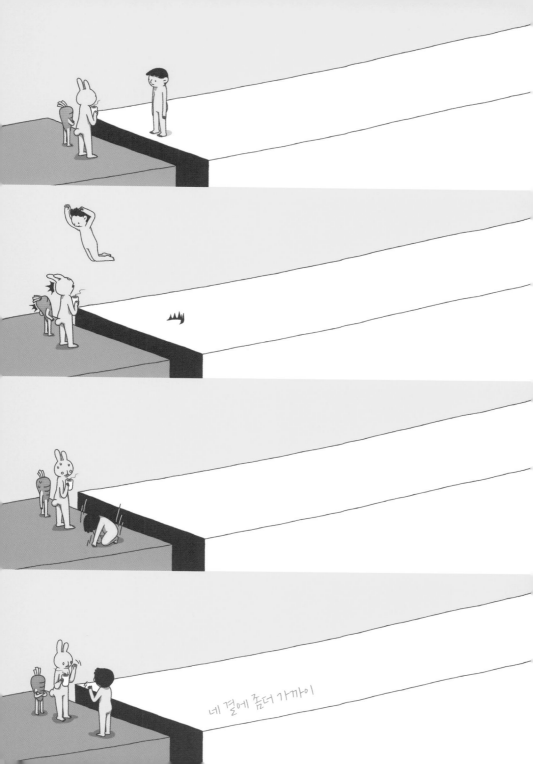

네 곁에 좀더 가까이

살
랑
살
랑

봄날을 기다립니다.

칼날 같은 바람에 손등이 터지는 겨울에도,
죽은 나뭇잎이 끝없이 발끝에 차이는 가을에도,
끈질기게 들러붙는 습도로 신경이 곤두서는 여름에도.
언제나 봄날을 기다립니다.

긴장 풀린 눈꺼풀, 발그레한 볼. 은근하게 솟은 입매, 살짝 열린 입술.
나른하게 휘어진 목, 흐물흐물 녹아내리는 아이스크림처럼 보드레하게 기운 몸뚱이.
모든 경계를 풀고 하염없이 풀어지는 나를 만나고 싶어서 언제나 봄날을 기다립니다.

바람이 산들산들,
마음이 한들한들

당신을 알고 싶습니다

얼마나 오래, 많이 알고 지냈는지는 상관없습니다. 만난 날이 얼마든 준 것 없이 미운 사람이 있고, 받은 것 없어도 마음 가는 사람이 있거든요. 찰흙처럼 무른 마음이라 미운 사람은 쉽게 흔적을 남기는데, **좋은 사람 만나기란 어찌 이리 어려운지요.** 내 마음이 가는 상대가 내게 마음을 주는 일은 더더욱 그렇습니다. 그래서 받은 것, 아는 것이 많이 없음에도 마음 가는 사람을 만나게 되면 스쳐 가듯 슬며시 말을 건네곤 합니다. **오래 만나며 조금씩 당신을 알아가고 싶다고.**

연애

어떤 번역기를 돌려도 도무지 해석할 수 없는

그들만의 언어로 채워진

둘만의 세상.

촘촘하고 꼼꼼하게

우
리

인
연

우리, 오늘을 잊지 말아요.
지금의 애정을, 서로를 향한 애틋함을,
갈망하던 그 마음을 잊지 말아요.
시간이 흐르고 알아가는 만큼 서로에게 익숙해진다 해도
우리, 서로에게 소홀해지지 말아요.
언젠가 헤어지는 날이 온다면 마지막 그 순간까지
서로의 곁에 머물러주도록 해요.

내
겐
너
무
황
홀
한
당
신

아주 가끔 멋있고, 대부분 유치하고 시시하며, 때로는 나약하기도 합니다. 보여주고 싶지 않은
모습까지 결국 들켜버리고 민망함에 되려 화를 내기도 하지요. 곁에 있어달라 말하고 싶지만
오히려 하지 않아도 될 말로 당신을 아프게 하기도 합니다. 그러고는 미안한 마음에 우는 듯
웃는 얼굴로 어렵게 고맙다는 말을 꺼내는 소심한 사람. **잘난 것 하나 없이 못나기만 한 그런**
사람이 바로 나입니다.

그런 나의 손을 잡고 곁에 있어주겠다 말해주어 얼마나 고마운지 모릅니다. 당신처럼 빛나고
아름다운 사람이 나의 곁에 있다는 일이 얼마나 행운인지. 나를 사랑한다는 그 말이 내 마음을
얼마나 뜨겁게 만드는지. **당신이 나에게 얼마나 소중한 사람인지, 당신은 아마 모를 겁니다.**

내 곁에 있어줘서 고마워요

PART 5

나는 여전히 당신이 필요하니까요

부
탁

만신창이가 된 내 모습에 놀라지 말고 가만히 날 안아주면 좋겠어요. 아무것도 묻지 말고 그냥 나를 끌어당겨 **당신의 두 팔로 따뜻하게 안아줘요.** 온갖 상스러운 말로 상대를 저주하더라도 눈물, 콧물 다 짜고 세상 제일 못난 얼굴로 울며 악을 쓰더라도 묵묵히 그저 담담히 들어주면 안 될까요. 복수해달라, 때려달라, 어린아이처럼 떼써도 일단은 "그래, 그래" 하며 부드럽게 등 을 쓰다듬어주세요. 도무지 이대로는 잠들 수 없을 것 같은 이런 나를 꼭 껴안아주세요.

행
복
이

필
요
한

시
간

나뿐이었습니다.
누구든 필요한 날이었음에도.
아니, 어쩌면 나라도 남아 있어서 다행인지도 모르지요.
마음이 서늘해 오들오들 떨고 있는 나에게 물어봅니다.

아름답고 벅차고 기쁘던 날, 차고 넘치던 행복은 어디에 두고 혼자 이러고 있냐고.
언젠가 꺼내 쓰려고 소중하게 간직하고 있던 거 아니었냐고.

그러게요.
따뜻하게 마음을 감싸줄 행복이 절실한 지금,
그것은 어디에도 보이지 않습니다.
어느 한 켠에 갈무리해두었다 가져다 쓸 수 없다는 걸
매번 비를 맞아야 깨닫습니다.

어디에 있는 거니?

어
느
날
갑
자
기

문득 혼자라는, 기댈 곳 하나 없다는 생각이 듭니다.
눈물이 날 만큼 서글픈 기분은 아니었는데,
신을 벗고 방에 들어와 옷을 갈아입다 말고 눈물이 툭―툭―떨어집니다.
그러나 왠지 눈물을 터트리면 안 될 것 같아 입을 꾹 다물고 한참 서 있다 보니
이 모습이 또 서러워 그만 눈물을 쏟아내고 맙니다.
못난 표정으로 우는 내 모습을 지켜봐줄 누군가 곁에 없어 그런 건지,
아니면 다행이라 그런 건지
터지기 시작한 울음은 꽤 오래 이어졌습니다.
내 속을 모두 쏟아냈다 싶을 만큼 울고 나니, 동물 같던 울음소리는 잦아듭니다.
눈물을 쏟아낸 만큼 마음도 조금은 가벼워진 것 같고요.

익사할 것만 같아!

그렇게 펑펑 운 이유가 무엇일까 생각해보니 사실, 잘 모르겠습니다.
세상 끝난 것처럼 울게 만든 일이 다른 세상의 사건사고처럼 아득해졌어요.
여기저기 치이고 부대낀 마음이 많이 힘들었겠지요.
그러나 콕 집어 이것 때문이라고 말할 수 있는 이유를 찾으려니
너무 많은 것 같기도 하고, 오히려 없는 것 같기도 해서 참 묘합니다.
서럽게 운 까닭이 뭔지 아리송하지만 그런들 어떤가요.
마음이 조금 가벼워졌다면 그것만으로도 눈물의 효과는 충분합니다.

가끔 이유 모를 눈물이 터질 땐 참지 말고 그냥 툭 —터트려버리세요.
그럴 땐 눈물의 이유를 알아내는 것보다 우는 일이 더 중요하니까요.

유
난
히

그
런

날

어딘가로 사라지고 싶은 날, 그런 날이면 쓸데없이 날씨가 좋습니다.
집을 나섰을 때, 몸에 닿는 볕이 너무나 포근해 괜히 기분이 상하던 날.
나의 아픈 마음과는 상관없이 표표히 흐르는 구름이며,
행복해 보이는 사람들의 표정 하나하나가 송곳처럼 삐죽 솟아올라
내 신경을 무심히도 건드리는 날.

요동치는 감정을 주체하지 못하고
눈코입이 함몰되어 사라질 듯 얼굴을 잔뜩 구긴 채
당신 앞에 섰을 때, 이미 알고 있었어요.
걱정되고 안쓰러운 마음에 나의 안부를 계속 물어본다는 걸.
하지만 내겐 그 마음을 그대로 받아낼 힘이 없었습니다.
괜히 못되게 굴어 미안했던 날.
그날은 그런 날이었어요.
유난히 그런 날.

외
딴
섬

마음이 쓰릴수록 점점 커지는 나의 외딴섬.
두 발 겨우 디딜 정도였던 섬이 어느덧 이렇게나 커져버렸습니다.
당신을 데려오고 싶지만. 당신이 곁에 있을 땐 보이지 않는 섬.
이 세상에 나 혼자라고 느껴질 때,
외롭고 쓸쓸하고 공허한 마음으로 속이 가득 찰 때만 나타나는 섬.

당신도, 그 누구도 모를 겁니다. 이 섬에서 겪는 나의 외로움과 아픔을.
물론 나도 모를 거예요. 그 섬에서 느끼는 당신의 쓸쓸함과 괴로움을.

육지로 가고 싶지만

가끔, 돌아가고 싶을 때가 있지

그
때
그
순
간

별다른 일 없이 무사히 하루를 마감하고 뜨거운 차 한 모금 들이켜려던 순간,
불현듯 '그때로 돌아가고 싶다'라고 혼잣말을 뱉었습니다.
속으로 생각하면 될 것을, 굳이 입 밖으로 꺼내어 귀에 쏙 들어가게 말이죠.

'그때 말이야, 그때. 지금 머릿속에 떠오르는 바로 그때!'
별일 없는 요즘인데, 나도 모르게 마음 어딘가가 허전해지고 있는 걸까요.
무엇이 사라지고 있기에 그때가 그립다고 말하는 걸까요.
그것도 혹시나 듣지 못할까 소리까지 내어가며 말이에요.

그
대
만
으
로

아무런 이유 없이 나를 끌어안아주는 당신.
그대는 내 삶의 이유이자 오늘을 살아가게 하는 힘입니다.
그대가 지금 당장 내 곁에 있지 않더라도 말이에요.

집, 나의 집, 따뜻한 나의 집

나
의

언
덕

"그래. 많이 힘들었구나"라는 말 한마디만으로도
당신은 나의 언덕이 됩니다.

기댈 곳이 필요했어

완벽한 타인으로부터의 낯선 위안

이런저런 신경 쓰지 않고 실컷 말을 쏟아내고 싶은 날이면 완벽한 타인이 간절히 필요합니다. 친구나 가족이 아니라 나를 모르는 누군가, 내 이야기를 들어줄 완벽한 타인이 말이지요. 미운 사람의 험담을 쏟아내고 싶거나, 누가 알게 될까 전전긍긍하며 감춰오던 치졸한 비밀을 털어놓고 싶을 때. 답례를 기대 않고 호의를 베풀었다고 말했지만 사실 속으로 많이 기대했기 때문에 섭섭했다고 말하고 싶을 때. 잘못했지만 죽어도 사과하기 싫은 이유를 피력하고 싶을 때. 항상 일이 잘 풀린다고 말했지만 정작 불안과 초조로 밤잠을 설치고 있다고 토로하고 싶을 때. 멋지게 보이고 싶어 당신의 성공을 호쾌하게 축하해주곤 돌아서서 속이 쓰렸다고 고백하고 싶을 때. 우리가 서로 모르는 사이라면, 당신에겐 깃털처럼 가벼운 남의 이야기일 테지요. 날숨 한 번에 흔적도 없이 사라질 만큼 시답잖은 이야기들. **그런 이야기를 모두 꺼내놓고 싶을 때, 낯선 당신이 무척이나 그립습니다.**

낯설다는 안도감. 생각보다 나쁘지 않네

이
해
한
다
는

말
대
신

당신이 나의 고통을 제대로 알아주지 않는다고 투덜거리곤 했습니다. 내게 공감하지 못하는 당신의 모습에 서운해하곤 했지요. 그런데 별안간 나 역시 당신의 고통을 온전히 이해한 적이 없었다는 사실이 떠올랐습니다. 당신의 토로에 '그 정도는 별거 아니지 않나?'라고 속으로 생각했었거든요. 맹세코 당신의 고통을 얕잡아 볼 생각은 아니었어요. 어쩌면 우리는 서로의 고통을 평생 이해하지 못할지도 모릅니다. 그러니 우리, 더욱 서로를 쓰다듬고 위로하고 응원해줘야 해요. 뜨겁게 안아주면서.

돌뿐이겠니

새
삼
품
밖
의
자
식
이
되
어

첫 월급을 받았을 때, 그리 큰 감흥은 없었습니다. 부모님이 떠오른다거나 사회생활의 어려움을 새삼 깨닫는다거나 하지도 않았어요. 통장에 찍힌 목돈을 물끄러미 바라보며 그때 무슨 생각을 했었는지 가물가물합니다. 찰나의 기쁨이 있었던가 없었던가. 그조차도 금방 희미해져 버릴 만큼 별 느낌 없이 지나간 이벤트였습니다.

그러던 어느 날, 거래처 담당자에게 쓴소리를 해야 할 일이 있었습니다. 나이는 문제 되지 않았습니다. 일은 일이니까요. 짧고도 강렬한 말을 실컷 퍼붓고 그가 떠난 사무실에 홀로 앉아 있다가 문득 아버지가 생각났습니다. 거래처 담당자가 아버지뻘이어서 그랬는지, 눈치채지 못한 그리움이 여러 날 쌓여 그랬는지 알 수 없지만. 첫 월급 때도 들지 않던 아버지 생각이 성난 파도처럼 나를 덮쳤습니다. 휑뎅그렁해진 사무실 구석에 앉아 오랫동안 아버지를 떠올렸습니다. **내가 여태 먹고살 수 있었던 일과 그에 대한 고마움, 아버지의 고단하고 애달팠을 시간에 대해서.**

엄마, 엄마, 엄마

엄마는 괜찮아······

진짜···
괜찮아?

그럼~
괜찮아.

엄마, 미안해.
엄마, 고마워.
엄마, 늙지 마.

천
천
히,

게
으
르
게,

기
다
리
기

커피 한 잔 앞에 두고 양손을 턱에 곱게 괸 채 나를 바라보는 당신. 무슨 말이든 다 들어줄 준비가 되어 있으니 얼마든지 고백해보라는 그 눈빛. 그런 얼굴을 마주할 때면 몇 마디 꺼내려 힘들게 달싹대던 입술이 쪼글쪼글 오므라들고 맙니다. 이런 내 모습이 괜스레 망설이는 것으로 보였던가요. 주저하지 말고 토로하기를 권하는 당신에게 이렇게 부탁할게요.

'어디서부터 어디까지 고민인지 모를 만큼 머릿속이 굉장히 복잡해요. 그래서 지금 난 선인장의 말라비틀어진 가시만큼 예민해져 있어요. 그러니 **느긋하고 여유 있게 다가오면 안 될까요?** 이렇게 늑장을 부려도 되나 싶을 만큼 천천히 말이에요.'

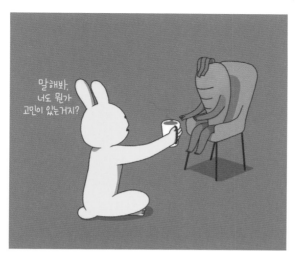

있는데

없는 척하는 거

아니야

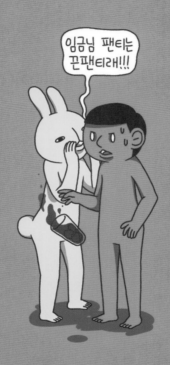

별별 얘길 다 해도
괜찮을 사람이 필요하다

이
건
비
밀
인
데
말
이
야

"너에게만 들려줄게. 이런 이야기 처음 하는 거야."

비밀의 힘으로 나와 당신이 '우리'로 묶이는 순간.
이 이야기를 아는 사람은 이 세상에 오직 당신과 나, 단 두 사람뿐.
가까이, 좀더 가까이 몸을 기울여 당신의 비밀스러운 이야기를 듣고 싶습니다.

단어와 단어 사이 쉼표가 감춘 의미를 부드럽게 더듬고,
문장 사이 호흡의 길이로 당신의 감정을 가늠해보는 시간.
나와 당신. 우리 둘만의 비밀.

그
런
말
하
지
마

"괜찮아. 할 수 있어. 힘 내."
전혀 힘이 되지 않는 건조한 응원의 말들.

잘할 수 있다는 말보다 이제껏 잘해왔다고 말해주세요.
막연한 희망의 말 대신 잘 버텨왔으니 그만해도 괜찮다고,
힘내지 않아도 되니까 그냥 막 울어버리면 된다고 말해주세요.
버티려고 애쓰다가 주저앉아버린 나 같은 사람이 당신 곁에 있다면요.

지금까지 미친 듯이 힘내고 있었단 말이야

정말 수고 많았어

잘
했
어
요,

잘
했
어

고마워요.

있는 그대로 날 인정해주어서.

잘했다고 말해주어서.

오랜 시간 잘 들어줘서 고마워

당신이 있어 외롭지 않아요

우리는 외롭습니다. 외로움이 지겨울 법도 한데 말이죠.
잠시라도 외로움을 지우려 우리는 만나고 이야기를 나눕니다.
혼자가 아님을 느끼려고.
내 존재가 세상 속에 희석되어 사라지지 않도록.

오늘도 나는 당신과 이야기를 나눕니다.

부록

당신의 진짜 마음을 듣고 싶어요

컬러링으로
돌아보는
내 마음